一步千年

四郎江措 ◎ 著

山西出版传媒集团 北岳文艺出版社
BEIYUE LITERATURE & ART PUBLISHING HOUSE

· 太原 ·

图书在版编目（CIP）数据

一步千年/四郎江措著. —太原：北岳文艺出版社，2022.1
ISBN 978-7-5378-6516-6

Ⅰ. ①一⋯　Ⅱ. ①四⋯　Ⅲ. ①诗集—中国—当代
Ⅳ. ①I227

中国版本图书馆 CIP 数据核字（2022）第 016652 号

书　　　名	一步千年
著　　　者	四郎江措
出　品　人	郭文礼
策　　　划	马泽平
责任编辑	左树涛
书籍设计	田宝良
印装监制	郭勇

出版发行	山西出版传媒集团·北岳文艺出版社
地　　　址	山西省太原市并州南路 57 号
邮　　　编	030012
电　　　话	0351—5628696（发行部）
	0351—5628688（总编室）
传　　　真	0351—5628680
经　销　商	新华书店
印刷装订	保定市铭泰达印刷有限公司

开　　　本	787mm×1092mm　1/32
字　　　数	50 千字
印　　　张	2.625
版　　　次	2022 年 1 月　第 1 版
印　　　次	2022 年 1 月河北第 1 次印刷
书　　　号	ISBN 978-7-5378-6516-6
定　　　价	39.00 元

目 录
CONTENTS

01 ｜哭 泣

我的哭泣可以感动上天

不是因为上天有眼

只是不忍真心就此而过

南太平洋如此宽阔

不是空间足够

只是每一滴泪水

足够储存某一瞬间的思绪

你不是因为善良而垂目

只是真相就这样

步伐可以加快

看你放了多少

我已面目全非

不是岁月静好

只是眼泪汪汪

02 | 死在明天，活在昨天

——熟悉就是个虫洞

这条小路不知我走过了多久

静悄悄地经过

好久了

没有留意为什么

难道我的目的地

只有这条小路

不管了

熟悉这里每一个拐角

哪怕有天双目失明

也能回到我的家

等等

每一个拐角

熟悉的道路

闭着眼睛都能走回去的路

是呀

这里每个角落都有

熟悉的气息

明白了

蚂蚁为什么不用眼睛

不是他们习惯黑暗

就算有了眼睛

也不会改变熟悉的路

虽条条大路通罗马

却何须不一样

嗯

走吧

熟悉了

所以这么自然

来来回回

熙熙攘攘的人群

不曾有什么熟悉的脸庞

虽然这条路上的气息中

掺杂着彼此的味道

我们很熟悉了

渐渐的

每一次偶遇和惊诧

都不能改变什么

熟悉了

我以为我活了很久

原来还在徘徊中

忘记了

每天过着千千万万个

明天

偶遇和惊诧只不过是

偶然的专注

感觉不一样

嗯

今天这条路上

多了点什么

走吧

不用导航的路

03 | 远方

凝视着远方

曾熟悉的光影

仿佛离悟道如此近

是的

吾看远方淡淡的风景

方知吾心生欢喜

吾看远方淡淡的微笑

了然无味于一身

04 | 逝言

用穿透的心

去看我们的不舍和善感

只是一个念想

而且曾经无数次地重复过了

为他最好就是让思念变成六字真言

大家都可以轻装旅行

唵、嘛、呢、叭、咪、吽

——写给逝去的亲人

05 | 过去与未来之际

如果回头看见过去

未来有多远？

不是闭眼就失去所有

只是你不想回忆

前面的美女

可以回眸

就没有遗憾终身

不是我需要怜悯

只是

不想失望如此残酷

昨天已是过去

未来还有犹犹豫豫吗？

你总想

慢慢的时光只是偶尔

可是岁月无情地留痕

不是转身就擦肩而过

路途真的辛苦

痕迹转身就在前方

06 ｜ 我走的每一步

我走的每一步

希望莲花盛开

不是路途遥远

只是负重前行

我愿地狱空空

需要我来忙忙碌碌

你不是一人

孤独只是慢慢的

回望就可以

何来忏悔

你回眸而去

我愿生生世世

孤独终老

07 | 时 光

走在青砖老路上

风

雨

阳光

留下了时间和过往

汗水

泪水

笑容渐渐淡化了

喜怒哀乐

是的

再一次活跃起来了

一个青春魅力

穿梭在茫茫时光隧道里

她是否记起什么

青春会融化岁月的痕迹

笑笑已是时过千年

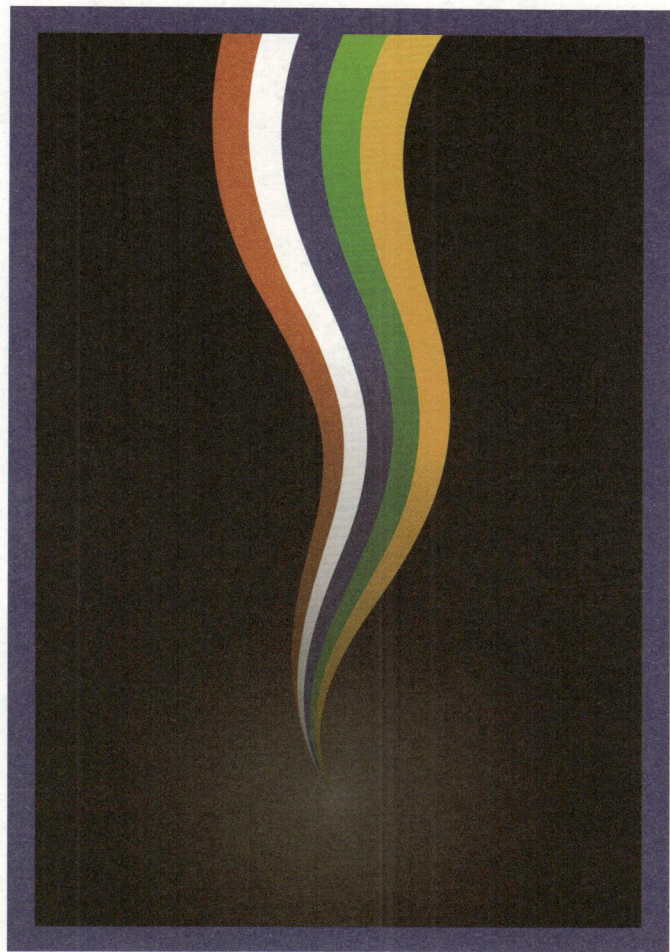

08 ｜ 亲爱的，慢慢……

亲爱的

慢慢

慢慢地走

路虽远

可这路上

每一个凹凸

每一个石子

我

记得清清楚楚

来回千年

只为陪你

慢慢走

露宿于繁华都市

行径与残垣断瓦

留下了痕迹

不曾相望不舍

亲爱的

慢慢

慢慢地走

你的忧愁

我不曾超肩半寸前

不是眷恋

不是牵挂

不是怀念

不是不忍心

这只会是

旅人的绊脚石

亲爱的

慢慢

慢慢地走

无牵无挂

无恋无回望

亲爱的

爱你

慢慢

慢慢地走的样子

佛云：爱众生如慈母

导师

我领会到了

亲爱的

我们

慢慢

慢慢地一起走

09 ｜誓 言

亲爱的

什么样的誓言

可以千年未易

我风尘仆仆

每一步脚印都留下了

印痕

寻觅有所期待

您洁白的容颜

不远万里

都是那么清晰

是否誓言不容

半分意扰

亲爱的

斗转星移

我千疮万孔

却依然

留下痕迹

雪域圣者

转山转水

不为来世

只为途中遇见你

亲爱的

擦肩而过

千万次了

你眼中除了

沧桑

却依然不知所措

亲爱的

没有关系

我会一直一直

经过

直到相逢不扰半分情

10 | 那一夜的玛吉阿米

天亮了

雨神一夜未寐

洗净了未兑现的承诺

玛吉阿米

东山上的明月未曾失言

只是步伐缠身了思绪

玛吉阿米

我们的誓言是清澈的

所以兑现就有了

漫长

玛吉阿米

如果有什么可以时空穿越

我希望是未惊扰的

睡美人

玛吉阿米

我如约而至

你是否在誓言中

11 | 钻石

坚硬

如磐石般坚硬

钢铁般坚固

钻石

相信无坚不摧

因此用来装饰

见证不欺瞒的爱情

是呀

我们不安，都在变，容颜、健康、财富……

高高在上的帝王

走街串巷的路人

战无不胜的将军

想尽了办法

谋划着

可以再等一会

白发苍苍的老人

饮茶遥望

来来回回的路人

是否想起了什么？

想起了不变的钻石。

无从得知

破旧的房屋，凹凸不平的路

留下了多少人的思绪

宾朋满座

熙熙攘攘的热闹

好不快活

时光

谁指使你无情地惊扰

没入睡的他

久久不安

12 | 阳朔

感觉

有一种思绪在牵引

仿佛在回忆着什么

传说远古的那对神仙眷侣

为了守护那彼此的诺言

化成丘陵与河泽

是呀

相伴是一种美好

可却不能永久

蝶仙和湖泊之神

用尽所有的愿望

把相思化作山水

相伴

我用一生的祈祷

只愿彼此相望

脚步沉重不是路途远

而是跨越间隔需要勇气

慢慢地

我会在这乡间小路上

步伐一致

不是错过了什么

而是怕远方太久

相信千年之后

我依然在路上

脚步不曾停下

只是希望擦肩而过

因为

我知道那芳香

不管流经多少岁月

我依然那么地

眷恋

是那个感觉我不曾

停歇

轮回千年菩提树下

承诺还是那么美

亲爱的

你可曾留意

菩提树下我依然

信守承诺

不是怕失去什么

因为爱

菩提绚烂夺目

因为爱

涅槃不再遥远

13 | 王子

王子……

您那夜的不辞而别

脚步如此轻快

可用了六年走完

不是不舍，而是太快了

来不及道别就踏上了归途

是的

世间若得双全法

不负如来不负卿

美……

王子……

您在菩提树下悟到了什么？

虽然您我相隔九万一千五百个日月

可我早已习惯了匍匐在您的脚下

那么虔诚

是的

不曾有过怀疑

无神论者说那是无谓的挣扎

有神论者说神会救赎你的罪业

是的

罪业

我曾那么喜欢这几句台词

我愿化作那桥

愿意千万人的踩踏

日晒雨淋，河水冲刷

只愿等待您的走过

是的

我悟到了什么

菩萨说

地狱不空

誓不成佛

我愿走过那刀山火海

是的

我悟到了什么

您是那么爱她们

所以选择离开却不曾走远

您说菩萨为了她们

不愿成佛

是的

不舍也是一种渴望

不舍彼此失去的那种撕心裂肺

因为您知道我们不曾真正地相遇

相遇的，只是一场阴谋已久的骗局

是的

我悟到了什么

您是真的很爱她们

知道了放手和拥抱一样重要

知道了给予和放弃一样重要

知道了爱你，是学会微笑

因为舒服和自由才是真正的爱

是的

我悟到了什么

亲爱的您慢慢变老

我愿化作那桥

千万人的踩踏

只为触碰你的温度

是的

我悟到了什么

我 ......

我看到了菩提树下

王子早已离开

而我匍匐在那

菩提树下的我

是的

悟到了

一步千年

14 | 佛陀

您的处境

是人类梦寐以求的组合

至高无上的权力

雍容华贵的宫廷

堪比天人的王后

英俊可爱的子嗣

是我向往却不能触及的地方

是我无法用金钱可以塑造

是我无法用权力可以剥夺的完美

您究竟看到了什么？

还是听到什么了吗？

感觉到了什么异样呢？

不，不

那些太庸俗、不可提及的原因

是不会让您选择离开的

更不会令您受伤

您究竟看到了什么？

或者，您知道了什么？

那么决然地离开

离开那万千瞩目却不能触及的地方

离开人们用尽一生苦难和罪恶想拥有的

我知道，所有试图解释您的选择

是那么庸俗和可笑

当您坐在菩提树下

慈目微睁

非笑非哭

非慈非怒

非善非恶

非祥非愁

是的

您已经告诉世人

您是多么英明

我从不与你相遇

也不曾离开

是的

您不曾离开

15 | 奔跑

一直在奔跑

每当看到脚步在缓慢

就想起奔跑还继续着

奔跑

不知曾几何时

我变得焦虑

是的

焦虑在奔跑

速度是我对自己了解的几倍

可移动范围不曾改变

是的

速度在加快，可步伐从不移动

哪怕一厘米

我都是渴望的

渴望却怕丢失

丢失那一无所有

奔跑

奔跑使我忘记了移动

或许在害怕遇到什么

遇到你不认识的自己

陌生又不确定

奔跑

可能离自己太远了

是的

太远了

找不到回去的路在哪里

16 | 哭 泣·庄严你不曾离开的出离心

亲爱的

不需要为你的委屈，做任何哭泣

尊贵的脸庞竟不惜如此

伤痕累累

如因看到真相，而哭泣

我希望那是一种

慈悲

佛曰流过的泪

连太平洋都逊色

但那不是慈悲的哭泣

只是委屈的泪

如果这泪可以滋润你的心灵

应该是不曾饥渴的

感受

从前，那么希望

美好，是一种不变的感觉

美好

是的

那么需要

不变

我渐渐地明白

遥望

只是对过去的

思念

亲爱的

哭泣的你也是如此美

每一滴眼泪

渐渐变成珍珠项链

庄严你不曾离开的

出离心

17 | 出 离

我向往着前方，因此背对着你

向往光明，而在黑暗中点燃了灯

不是有了表白，才确知你对我如此重要

寂寞时有你在脑海浮现

孤独不是因为无人陪伴

而是冷漠，使你变得无理取闹

昨夜的酒会我无比真诚

单膝跪地称颂您的美丽

一夜过后我依然选择了向西

不是您不够美

我只是一个诗人

使命召唤着我赞颂天下所有的美

流浪只是一种掩盖

释迦王子举杯赞妃子

今日时光如此美

不时顾盼兮

落发为僧不是无情

只为有情弃单情

天下谁知他是情种

行者不是没有窝

流浪只是一种掩盖

是的

一步一个脚印

不就是为了旅途中与你相遇

走吧

浪迹天涯不是为了磨破我们的鞋

行走就是为了经过

驻足

回望

还有什么意义

18 | 涅槃

苍山很美却很冷

我答应过把幸福带给你

幸福

可我却无法掌控命运的牵引

原本属于自由的你

自由

我在洱海等待海枯石烂，

不是洱海的浪花也不是苍山的雪

只想与你再次相遇

美

相遇是美

皎洁的月光下

苍山上

舞姿翩翩的你

洱海照影的舞姿

如此曼妙动人

看

看到你翩翩起舞

不忍惊动那美

那空气那时光

不忍惊动

那个当下的每一秒

空气时光皎洁的月光

多放慢了脚步

仿佛会惊动了什么

是的

此刻如此之光景

你我最美的相遇相知相爱

缠绵

哦

看到了

是的我会在那里涅槃

希望你还是那么美

19 | 走在八廊街上

缓步前行在古老的街景上

仿佛身边穿梭着无数的人和声响

哦，我错过了什么

听说两位情人为了成就一方，

踏着我未走过的路已经伤痕累累

对呀，爱是一种享受，伤痕累累又怎样，

爱的定情物流连千年依然见证着这对情人

他在昨天的雨雪夜里一直坚守

再过一个千年他还会在未来的路上留下痕迹，

是的，您知道他们为了什么，

所以一直坚守爱的享受

我疲惫不堪地向您望去，

知道您经历了什么还会前行多久——

他在哪？

在古老的墙角享受着亿万年前的阳光，

观看着无数人的祈祷

是啊，

他们经历了什么又或者见证着什么，

喃喃低语，向您倾诉

是的，

经历了什么见证着什么

或拥有过又失去过什么，很重要很重要

重要得一文不值

哦，我悟到了

悟到了一文不值

哈哈，

我的疲惫不堪是拥有而不是接近的温度，

哈哈哈

20 | 一步千年

亲

古老的八廓街，有无数人数着念珠缓慢

前行

一步一捻

诵着古老的真言

亲

每一次念诵，都在回忆你是否也曾经过

生死轮回漂泊亿年

相逢的喜悦

别离的眼泪

古老，漫漫

亲

我会在佛前，将最甘纯的酥油灯供奉

燃尽情缘之网束缚的你我

亲

请你不要伤心

燃尽情缘，非是不爱

非是不再寻觅你的身迹与影踪

而是我学会了更好的相逢——

相敬如宾

亲

我不会再睹你的忧伤而不自信

你的美和慈爱

是我尽用一生的甘醴泉源

亲

我转世千年

一步一步去相逢

只为看你的最美和慈爱

亲

不必担心你我相隔千年不再相迎

我会在佛前

在古老的八廓街，在少男少女孩童老者

僧人间

轻转佛珠念诵古老的真言

与你脉脉祝福

后 记

重新定位你和他人的关系，可以赐予生命新的意义。

心的安乐

真爱无限，如果爱是一件容易的事情，就不会有这么多迷惑的众生。因为爱是每个人内心深处最温柔的渴望，所以珍贵而脆弱。然后，爱要超越小小的自我并要爱上敌人，需要智慧与方法。

为何要修心？

追求太多表面的欲望，却始终没有满足的时候，但欲望却不断地增长。过度的贪婪、嗔怒、愚痴无明，但这些并没有带来内在的满足，只有烦恼不断地增长，使自己和他人更加痛苦。唯有彻底察觉贪、嗔、痴所带来的缺点，并了解爱与慈悲才能带给心灵真正的平静。

人性本澄净。

《释量论》中有偈云："心性光明性，客尘忽尔性。"就是说心的本性是光明的，那些负面的情绪和思维是不了解真相而造成的。

我们总认为一切的事物是不变的，对权利、名望、财富、美色等特别在意。为了得到这些不择手段，通过欺骗、洗脑和戴高帽子，并且把自己装扮得品德高尚，为他人着想，摆出一副救苦救难的样子。这样做虽然不好，但并不是心的本性，而只是一时的贪念。这样做肯定没有好下场。

可你如果明白了这一切都是由二元对立所产生的，就可以不受贪、嗔、痴的侵害。因为这些只是心的客人而不是主人，因此它们只是暂时的而不是持久的。心的本性是光明和自觉的，因而许多负面情绪不是心的本质。负面的情绪是一时的、表面的、不永久的，所以是可以移除的。

就像水无论有多脏，水的本质不会被脏东西所污染。同样的道理，即使心中有烦恼，心的本质也不会被脏东西所污染。同样的道理，即使心中有烦恼，心的本质也不会被垢染。

《续部经典》中有偈云："心性光明性，烦恼忽尔性。"也就是说心的本性是光明的，而所有的烦恼只不过是偶尔的过客而已。可我们却被过客玩得团团转。虽然谁也不愿意在烦恼中煎熬一生，却不知有什么办法能够获取心灵的平静。

世界上有很多宗教和学科都在研究这个困扰人类一生的课题。这些宗教和学科都持有自己的方法和观点，而我这里所要阐明的是另一种观点。

首先要彻底明白什么原因导致了这些烦恼和困扰，

那就是贪、嗔、痴。

因为我们的欲望受挫，缺乏正确的态度面对问题，总觉得自己是受害者，而他人才是发动者、敌人。

所有问题多来自我们这颗无明的心。

外在的环境不是让我们陷入痛苦的原因，真正使我们陷入痛苦的是这颗浮躁的心。当我们心情不好的时候，可以找人聊天或者去郊外散步，通过这些来释放自己内心的不愉快。

总是认为自己的不愉快是来自环境或外人的干扰，经常会抱怨环境或他人，但却很少有人会追究这一切的根源在于哪里。虽然我们可以通过聊天、散步、郊游或者以其他方式逃避这些不愉快的事物，可是却没有办法将其彻底消除。

如果我们去研究佛教的经典，你就会发现佛教一直以来在研究这个方面的课题，研究安乐和烦恼的根源，而且也找到了问题的根源。那就是我们通常所指的心，它（心）就是困扰我们的罪魁祸首。讲到这里也许大家会觉得不可思议，没有办法接受它（心）每天都陪伴着我们，而且支配着我们的思想和行为，怎么可能是问题所在呢？在这里有必要来给大家解释清楚。

在解释之前，我们先了解一下，这颗"心"是怎么产生的，它有什么特点。如果不熟悉心是怎么产生的和它的特点，是没有办法了解到什么叫作心，因此了解心是非常重要的。

佛教认为心是一切事物的创造者，而事物创造了心的存在。就像佛经里所讲的那样，一切唯心造。也许绝大多数人看过或听过《金刚经》，《金刚经》有云，"色不异空，空不异色"，也就是说事物的存在离不开它的本质空相，而空相离不开事物的状态。

在佛教里讲到"色"，是指一切的物质和思维的状态，空是指一切事物思维的本质。因此也就有了适合生命生存的宇宙和居住在宇宙中的生命。这样一种状态，佛教叫作所取和能取。什么叫作所取？所取是指我们的思维、分别和接受能力。能取是指可以分别和接受的事物。

我们举一个例子。美丽的山川河流、动听的旋律、华丽的服装、美味的食物，这些是我们所追求的向往拥有的，而且可以感受得到。这种享受者叫作所取，可以享受的事物叫作能取。为什么要这样区分，这样区分有何意义呢？这样区分后，我们明白了事物和享受者的关系，才可以明白心是怎么产生的。我们再举一个能取和所取是怎么产生心的例子。当看到山川和河流的时候，我们的眼睛就会捕捉山川和河流，这时会有一种清爽壮丽的感觉。这种分别和感受的思绪就叫作心，我想，大家应该明白了"心"是怎么产生的。心是经过能取和所取二元对立而产生的，正是因为这样的缘故，我们的心才容易变化。因为心是能取和所取而生的，因此在不同的环境中，心就会随着环境的变化而变化，有时高兴，有时愤怒，有时喜悦，有时焦虑，有时茫然，有时恐慌，使我们的心情变得不确定。

如何修心

心的特性是什么？

心的特性是无记的，就是说心没有好坏之分也没有美丑之分，更没有贵贱之分。可是心可以变换成有好坏之分、美丑之分、贵贱之分。而这些分别的概念是来自于哪里呢？是来自无明的心。无明是指不明真相，颠倒黑白。

"心"是二元对立产生的，心是没有独立的个体存在，根本就谈不上有什么好坏、美丑、贵贱之分。因为是二元对立产生，心就是无记的。正因为如此，它可以变成魔鬼，也可以变成天使。天使和魔鬼只是一念之间。这一念如何把握，就得看你对心的认知和了解的程度。

心的特性是无记，却可以变化成有记录的心。无记是指没有记录善恶和好坏之分的意思，即心的特性是无记却又可以变化成有记。

这种变化是怎么形成的呢？这样的变化给我们的心又会带来哪些危害呢？

先得了解心是怎么从无记变成有记，心是通过二元对立产生，也就是能取和所取。"能取"是一切的事物，而"所取"是会分别和感受者。

心的变化是这样的，比如，一个人迎面走过来，我们的肉眼就会迅速捕捉前面的景象，在这个时候心就会产生，它会感知到前面的景象。这种感知，就是心，可它还没有分析这是一个男人或者一个女人，也没有分析漂亮或者丑陋，高大还是瘦小，所以叫作无记，即无概念。当景象越来越近时，心就开始扫描、思考，是漂亮的女性还是英俊的男子，当它确定了是一位女性时，心又开始会扫描、分别，是高贵的女性还是其貌不扬的女性，开始有了美丑、善恶、好坏等概念的区别。因此，就叫作"有记"。心的特性就是这样从无记变换成有记。

随外界而随时变化的心，带来的烦恼。

心的变化会带来五种烦恼的状态。这五种状态就是贪心、嗔恨心、嫉妒心、愚痴心，傲慢心等五种。这五种心的状态会产生出成千上万个纠缠在一起的心理状况，使我们陷入错综复杂的心理感受之中，而这种感受会给我们带来负面影响。比如：容易发怒、自大目中无人、焦虑、恐惧等。这种感受会打破我们原本就平静的心灵，因此我们无法摆脱烦恼的困扰。我们在年轻的时候，满怀着崇高的梦想离开学校和家庭，来到了陌生的社会，我们并不知道这个酷似高度文明的社会里，却有着一个错综复杂的社会结构。这里的人们，为了个人或某个集团的名望、权力、利益而争斗。这里的人可以为了利益什么都放弃，也可以为了利益什么都敢掠取，这时，很少有人能感受到人与人之间的友情、爱情、亲情。虽然这不是这个社会的一切，但可以让很多人走向堕落和腐败，足以让一个纯洁的心灵被污染，失去人生最重要的方向和目标。

在这样一个高度变化的社会中，值得大家去思考和探讨有关心灵的课题，来补偿心灵的不足，让自己和周围人活得更好。

培养尊贵的平常心。

佛法认为平常心会带来安详与愉悦，平常心会让人意识清明，不受污染，因而尊贵。平常心能消除烦恼和痛苦，让人们的生命丰富多彩，这就是平常心带来的帮助。

如何才能让这个生性多疑又变化迅速的心，保持一种平常的认知？先得改变我们固有的狭隘、自私的认知。

《三字经》曰："人之初，性本善。"佛陀也讲一切有情的生命，都具佛性，本是纯净无污染的。由于人们无知的缘故，蒙上了烦恼的污垢，使本来纯净的心性遮住了。

做到平常心，需要以下步骤。

第一，先培养观察自己的能力，把自己当成观察者，观察自己的行为和思想，就能体会到什么叫平常心，无关乎喜欢或不喜欢，想要或不想要。但千万不能堕入情境，如果堕入情境，就会对生命或者生活失去意义。修行是为了使生命更丰富更有价值，而不是放弃与逃避，因为放弃和逃避等于生命的堕落。

第二，心会自然流露出本然的纯净。佛教认为一切生命都是佛，只不过因无明而堕落。堕落的原因是我们不知道真相。《喜金刚·二观察续》中，有偈亦云："有情本是大觉佛，然为忽尔客尘遮。"就是说我们不知道事物是会随时变化，还以为事物是永恒不变的，才会为了获取名望、地位、财富等做出很多非法的事，为了自己的安乐与喜好而伤害他人，因而会制造出很多苦因。

当得不到这一切时就会抱怨，得到时却害怕失去，经常处在失落、焦虑、愤怒、仇恨与不安等状态中。这种状态使得我们的思绪如波涛汹涌的大海，处在起伏不定中，没有任何快乐可言。

如果我们了解这一切是能取和所取二元对立而产生的感受，就不会被它所困扰。在没有困扰之下，心自然会显现出本然的纯净。

要培养一颗平常心，就要修心。

尝试在清晨起床时坐在床上观照心性，训练让心性保持平静的状态，有助于思维的清晰和不受烦恼的困扰。

放下过去、现在和未来的思维模式是非常重要的。我们每天都处在纷乱的思维模式中，就会打破本来平静的心性。心性的状态犹如无风的水面，是安详的，是喜悦的，是快乐的，犹如大海一般宽广。可是我们的思维就如同大风在搅动这平静的水面，使它没有办法保持本有的平静和安详。

细想一下，我们的烦恼真的是来自这样的思维模式吗？是。

假如我们要去参加时尚聚会，就会开始考虑怎么打扮才能吸引别人的眼球，穿什么风格的衣服搭配相应的配饰，等等，总之为了参加聚会搞得身心疲惫。这一切多来自固有的思维模式，要想打破这样一个诅咒般的思维模式，首先要培养一颗平常心，平常心能给我们带来喜悦和安详，同时会给我们带来智慧的光芒，这就是战胜伟大而战无不胜的心，一颗平常的心。想得到这尊贵的心，就得打破固有的思维模式，尝试去修心，就有机会获得一颗平常心。得道的高僧、古代的圣人都会是以修心为要。

落实平等心，也就是尽量对所有的人持正面的态度，先从少数人开始，渐渐扩展。如果没有平等心，只是有偏袒的爱和慈悲，也无法发挥真正的作用。

爱的不快乐

爱是一种非常伟大的精神，它超越了时间和空间，超越了种族、文化、习俗、宗教信仰等。虽然在这个世界上有很多不同的文化和宗教信仰，可是对爱的追求和爱的理解是一样的。

无论你是高贵还是贫穷，是恶人还是善人，有信仰还是没有信仰，是知识分子还是目不识丁的文盲，对爱的渴望和追求是平等的，对爱的理解也是平等的。

佛陀说，一切有情众生对安乐和喜悦的追求是共同的，不希望痛苦也是共同的愿望。安乐和喜悦来自对他人的爱，来自大爱，是超越于时间、空间、种族文化和不同信仰的。

佛陀说，所有的痛苦和不安来自自私，来自狭隘的心。我们为了自己和亲人等少数人的安乐和喜悦，可以轻而易举地摧毁他人的安乐和喜悦。当我们自认为找到安乐和喜悦时，却发现原来都是一场空，伴随而来的是让自己更加痛苦和不安的因素。

悉达多的快乐

从古至今多少伟人豪杰的命运不就是起起落落沉浮不定，鲜有得善终者？

谁都希望自己活得安乐喜悦，又有多少人真正明白，安乐和喜悦从何获取呢？

当我们没有权力、财富、名望、地位时，认为这些才是安乐喜悦的源泉，会为此不惜一切代价。

距今两千五百多年前，在印度觉醒的王子悉达多，放下权势、财富、名望去寻找新的安乐和喜悦的源泉。具有讽刺意味的是，他却真的找到了永恒的安乐和喜悦，而且他把所有获取安乐和喜悦的方式告知世人。人们曾经以为安乐和喜悦是来自物质上的满足，因此尽一切努力在追求物质、私欲的满足。这种普遍的价值观，在古今中外的历史上，诱发了数不清的战争。大多数的战争是一个人或者一个利益集团的贪婪所造成的。这些人打着为了国家或者某个民族的利益的幌子发动战争，却从未考虑过，他们这样的行为会造就很多生命丧失，自然资源与生态环境的破坏。

众生不知道安乐和喜悦来自对他人的爱，痛苦和不安来自自私和狭隘的心。

悉达多王子告知我们，想真正得到安详与喜悦，那就要发自内心地爱。因为有了爱才会带来安乐和喜悦，这是一种从古至今不变的定律。

不管你是生在哪个民族哪个国家，有着不同信仰和文化，大家都喜欢有爱心的人士。爱心，是不会被民族和国家文化信仰等狭隘的心所能控制的，因为爱超越时间、空间和文化信仰。

只要你拥有一颗爱心，不管去到哪里，都会被所有人喜欢。这种伟大的爱需要纯净的心，不被烦恼所依附的心。

爱心会超越一切，但也会受到干扰。

观察自己对别人的爱就能明白这一切，以男女之爱为例。当我爱上一位美丽的姑娘，她的一举一动都会给我留下深刻美好的印象。我会暗自幻想，为了她我可以转世在轮回中与她同甘共苦。不管有多艰辛，我依然会守护在她身旁，照顾她、关心她、体贴她，甚至为了她付出一切。

每当我独自一人时，就会想念她，想象着和她过上浪漫的生活。我不知道和她在一起生活，会不会有我想象中的那么浪漫，总之，我会一直这么幻想着。我是一个浪漫主义者，不管我做什么，我都会浪漫地去看待这一切。我希望她永远健康美丽，不希望看到她忧伤和痛苦。当她忧伤和痛苦时，我是多么希望这一切发生在自己身上，我可以为了她不在乎这些。这是一种爱情的力量，也是男女之间的爱。

母亲的爱是非常伟大的，她可以为了子女的健康和幸福，放弃自己的健康和幸福，甚至放弃生命。母亲把自己的青春年华奉献给儿女，即使她自己在生活中遇到挫折和艰难，却不愿让自己的儿女受到一丝伤害。无论母亲忍受怎样的痛苦与煎熬，当她看到自己的子女健康地活着时，内心充满快乐和喜悦。

母爱的力量，这种爱的力量不光存在于人类中，在不同的生命体上都有体现，动物世界也是如此。不管是食草动物还是食肉动物，它们对待自己的子女，同样非常疼爱。它们为了养育自己的子女，不惜千辛万苦寻找食物和安全的地方，甚至以付出生命为代价。这一切都是为了子女的安乐和喜悦，不贪图任何的回报。虽然这种爱是伟大的，可它也会造成痛苦和不安。也许你会问，爱不是一切安乐和喜悦的源泉吗？

因为这种爱是不究竟的，佛陀有过这样的描述，我们为了自己的子女和亲朋好友的安乐和喜悦，做出很多不应该的事，而这一切只为了子女和亲朋好友的安乐和喜悦。确实如此，我们会因爱而疼爱别人，因为爱而伤害别人。就拿男女间的爱情来讲，你非常爱对方，甚至愿意为对方付出一切，但这并不是无条件的。你会认为爱对方，对方就该无条件服从你，不允许做出任何你所不喜欢的事。只要顺你心意，你就认为是爱情的结果。如果对方做出你所不喜欢的事，爱上他人，你就会认为这是对爱情的不忠，因此怨恨对方。

美丽善良的女性是所有男人想要拥有的。假如我遇上这样一位好姑娘，当然会幻想和她一起生活发展事业，让她成为自己人生旅途中的伴侣，还会为她祈祷，祈祷她能够健康快乐。可是，她和别的男人在一起，我会感到不开心，甚至会彻底打破我平静的心，我的心情会很糟糕，会忘记我所祈祷的愿望。

当我审视自己为何会产生这样的情绪波动时，我观察到爱不会是这样，因为爱是一种伟大的状态，爱会使你成为一个有责任有理想有抱负的人。爱可以使人为了所爱而付出一切，甚至生命。这一切是不图任何回报的，是一种真正的付出，就像我爱她而愿意付出一切一样，这就是爱。可我又为什么会敏感呢？从观察自我中得知，原来我被爱绑架了。我认为她的幸福快乐只有我能给予，她只有跟我在一起生活才会快乐。因此她应该毫无条件地跟随我，按照我的意愿去做事，才会幸福。因为只有我是爱她的。我从来都没想过对方的感受，当对方有意见或离开时，就会埋怨对方和指责对方对爱不忠。可自己从未去审视自己对爱做过什么，只是一味地认为自己是爱的守护者，自己才是真正懂得爱的人，是因为别人不懂爱而造就了痛苦。其实自己才是爱的背叛者。爱是伟大的没有任何企图的，可自私和狭隘的心绑架了爱，以爱的名义绑架了对方也绑架了爱，是自己把爱变成了监狱，然后用各种爱的理由来判决对方，关入自己建立的"爱"的监狱，而且判了死刑。显然，这很不公平。所以，只要是自私和狭隘绑架的爱，是永远不会有幸福和快乐可言。

母爱非常伟大。不管在过去、现在和未来，母爱是永恒的。虽然时间在流逝，时代在变化，可母爱不会因此而改变。母亲对子女的爱是不容置疑的，从生命伊始至今，母亲扮演保护养育子女的角色，却不图任何回报，无私地奉献着她们的爱。我们对母亲的这种无私而伟大的爱予以肯定。但这种爱没有延伸到对自己子女以外的人和其他生命上。这并不能怪罪母亲，因为所有的母亲都希望自己的子女生活美满、身体健康。

当看到或预感他人有可能影响或有碍于子女的前程时，她们回毫不犹豫地反抗，为了维护自己子女的幸福是没有什么可妥协的。

在佛经里有这样一段话，不知道自己必须放下一切而离去，为了亲朋好友和敌人，我犯下各式各样的恶行。为了爱情、友情、亲情，我们确实犯下很多错误，这一切是自私狭隘的心造成的。我们要培养无私的爱，因为无私的爱可以打破我们自私狭隘的心。我们通过观察自己和周围的朋友就会发现，很多不顺心的事，都是过度在意而造成的。我们很少会主动去为他人着想，能为别人做些有意义的事，从早到晚都想着自己如何过得更好，很难照顾别人的感受。

我们有父母和亲朋好友，也有相应的生活保障，可总觉得自己是最不幸的。因此，常常处在不愉快的状态中。我们从来没有想到过，在这个世界上还有很多饥寒交迫甚至饿死的不幸者，很多人连平常的温饱都难以解决。有时我们认为自己会很长寿，因而为了活得更好去追求很多。可总是没有满足的时候，不管拥有多少还是认为不够，认为比他人还差，总是处在焦虑、恐惧和浮躁中，从而享受不到现实所拥有的财富。

实际上，人的寿命是很短暂的。经典的书中描述过人的寿命和状态："如强风中之明灯，汝命住于死之因。"意思是人的寿命和一切事物都是无常的，就像强风中的明灯，没有办法掌控。佛陀这样描述无常：有些在母胎中过世，有的在出生时，还有些刚会爬，有的则刚学会走，有的在成年，有的在中年，有的在老年离去，如同掉落在地面的果实。

人类的寿命是无常且没有确定性的，而物质也是一样没有确定性，就如春夏秋冬四季的变幻之中，一分一秒地变化着，这就是自然法则，我们无力改变。正如佛陀所言："生必死，聚必散。"在这个世界上没有什么永恒不变的事物，一切就像做梦一样。

爱之动态

在过去和现在所发生的很多灾难，是来自自私狭隘的心。只有爱才能够消除我们的烦恼，只有爱才能消除彼此的仇恨，只有爱才能帮助自己和别人。自私狭隘造就了痛苦，博爱造就了喜悦和安乐。为了自己和众生消除烦恼和痛苦，为了自己和众生获取喜悦和安乐，我们可以学习、训练发自内心的感恩。

通过回想亲朋好友对我们的好，尤其是在童年阶段，因为那时候我们特别依赖别人的照顾。回忆过去生命中接受过的恩惠，并对别人的帮助感恩，即便别人并不是有心施恩于你。如果你的人生太平顺，你会变得懦弱，困境会帮我们开发内心的力量，让你有勇气面对困境。这一切是谁让你拥有，不可能是朋友，绝对是敌人。

亲朋好友给予我们支持和帮助，并给予尊重和理解。敌人造就了我们战胜苦难的勇气。没有亲朋好友的帮助和敌人的干扰也就不会有我们的成就，感谢他们为我们而付出的一切，感恩我们的朋友和敌人，愿他们永远离苦与苦因，愿他们永不远离安乐和安乐因。

助他人愉快。

回馈别人的好，发挥无畏的精神，不管自己有多困难也要助人得到愉快，并最终得到证悟。一种发自内心的互惠感，将渐渐地变成你对别人的第一印象。

认识受苦，学习爱别人。

放弃你我他的思维，舍弃以自我为中心的态度。当一支利箭射过来时，我们没有时间去思考这支箭是谁的、谁射的或是什么箭。用同样的心去看待所有的人，学会爱别人，学会感受他人的苦乐，使我们的心能像大海一样容纳所有的水。一切的烦恼痛苦都来自我们狭隘的心。

我们从小到大所思所想所做都是为了自己的安乐。不管我们为了自己的安乐付出多少，可始终没有得到我们所想要的安乐。佛陀说，诸佛菩萨是为了利他的安乐而获得，远离轮回到了涅槃的安乐。而凡夫为了追求自己的安乐却堕入轮回，饱受苦难，不如换个方式来寻求安乐吧。

什么样的方式可以寻求到安乐？那就是培养博爱的心，打破自私狭隘的心，让这一颗心变成广阔无边的心。他们都是人，他们正在受苦，和我们一样有得到的喜悦和安乐的权利和渴望。佛经描述道，一切有情众生都希望自己获得喜悦和安乐，不愿意痛苦和不愉快。可他们却不知道喜悦和安乐是来自善念与博爱的心。

不愉快和痛苦是来自恶念、自私狭隘的心。他们想得到喜悦和安乐却不知道怎样能获得，不想受苦却不知道怎么样才能消除苦因，所作所为全是背道而驰。这些无明的众生都很可怜，就像一群盲人迷失在荒漠中不知所措。